当代风格派
画家作品集

笔 性 及 人

田 黎 明

安徽美术出版社

序

　　纯净是自然的本性。它有灵魂坦白的明亮，也有在复杂事物中创造出一种温柔而敦厚的单纯。它的经历能化解事物，它的生命使人清新、淡远，它的内部贮藏了许多自然精神的底蕴。我站在它的面前，就像面对传统文化思想时所感受到的一种伟大。它的实质是使我得到了在平凡生活中感知由心灵的寂静所引出的一种纯静。我也常常在镜中的表象中看到了热情的修饰给自己带来的变形。当一种信念到来时，心境的起伏簇拥着我在内部的空间里努力去寻找和期待着一种清亮的状态。它的出现时远、时近，距离的差异给耐性提供了一个置身的方位。平凡中琐琐碎碎的回荡声夹着许多模糊的激动在震动我的感觉。我企求自己不应付、不随流，认真地把握氛围中必不可少的阳光与阴影，把握内部中看见的一泓清澈的纯净与那百回浮躁的自尊，去接受自然的照射。我相信整体的力量，意识和行为都服从于本质。时间划过身边的一切事物，生命把它的感觉留住了。当我把内部的空间移植到外间并以自然作为审美理想的时候，我已把生活中的人与事、情与理化为自然中的一种品格来观照。犹如夏日里，躺在河面上，仰视蓝天，这里的风景正延着自己的方向在采集日常闪动的光景。当自然的力量已清晰地把性情内部的各类装饰物物化的时候，语言的生命才开始显现它那深邃而又以单纯方式出现的性情。它们都以最少的自我向着广袤的境界延伸，用"体天下之物"的情怀去回归自然，去感觉自己人生的境况。它们共有着一样的性情、一样的气质、一样的氛围、一样的空间、一样的精神，在自然中自由自在地呼吸着，生长着。然而，时针也在不停地提醒着一个事实，当生命正在生长的时候，如果仅满足于自身的现状，自然是不会去承受它的话语的。倘若生命把词语都用在谈吐自己的姿势如何，必将失去自己内部深处的自然空间。生命的过去留在了忠顺它的语言里，新的生命正迅速地生长。生存的方式需要创造精神，精神在判断它的本质中时时期待着接受自然的照射。

——田黎明

人与自然 ●

● 都市人

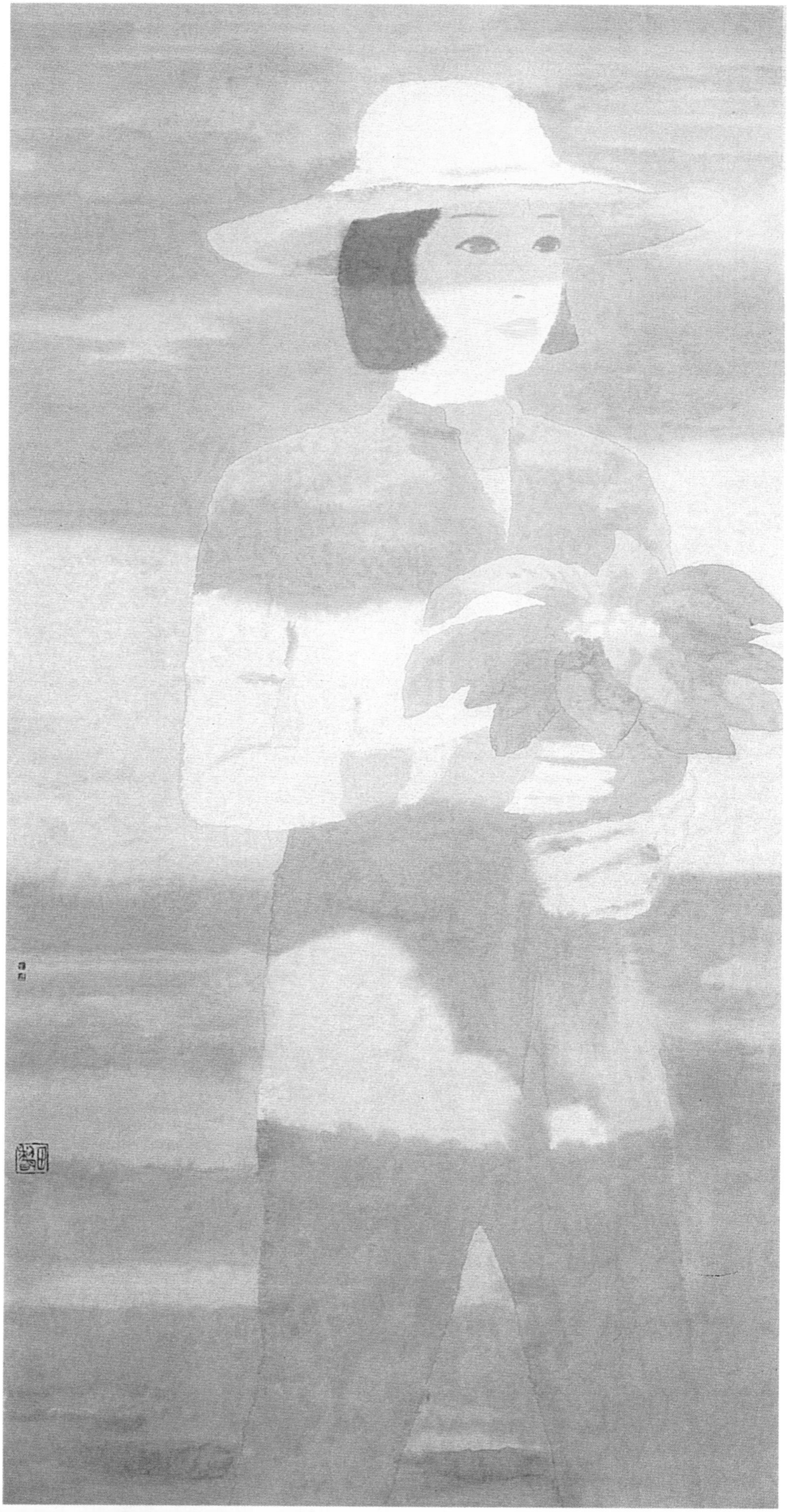

都市人（局部） ●

● 教室下午两点半

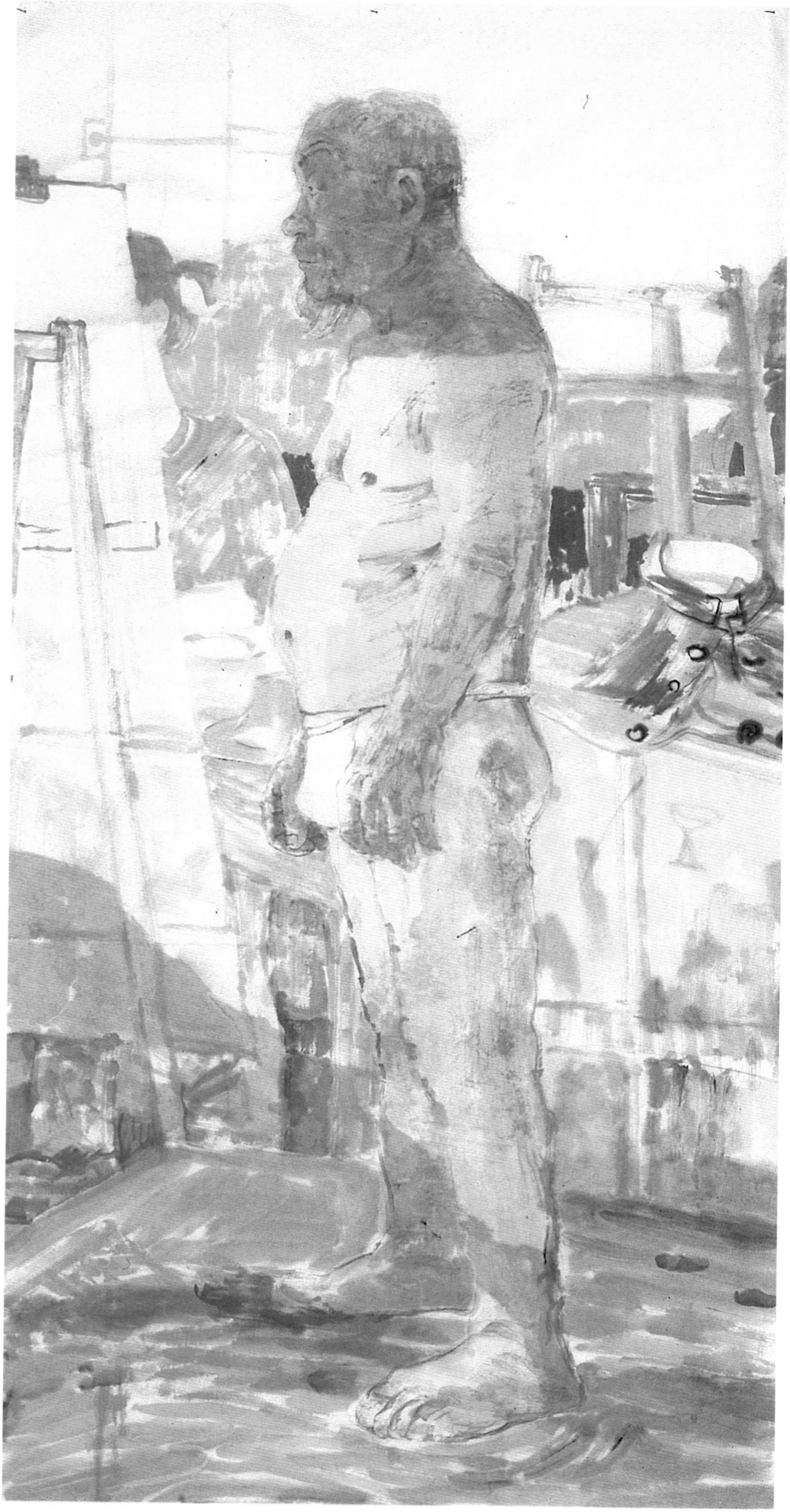

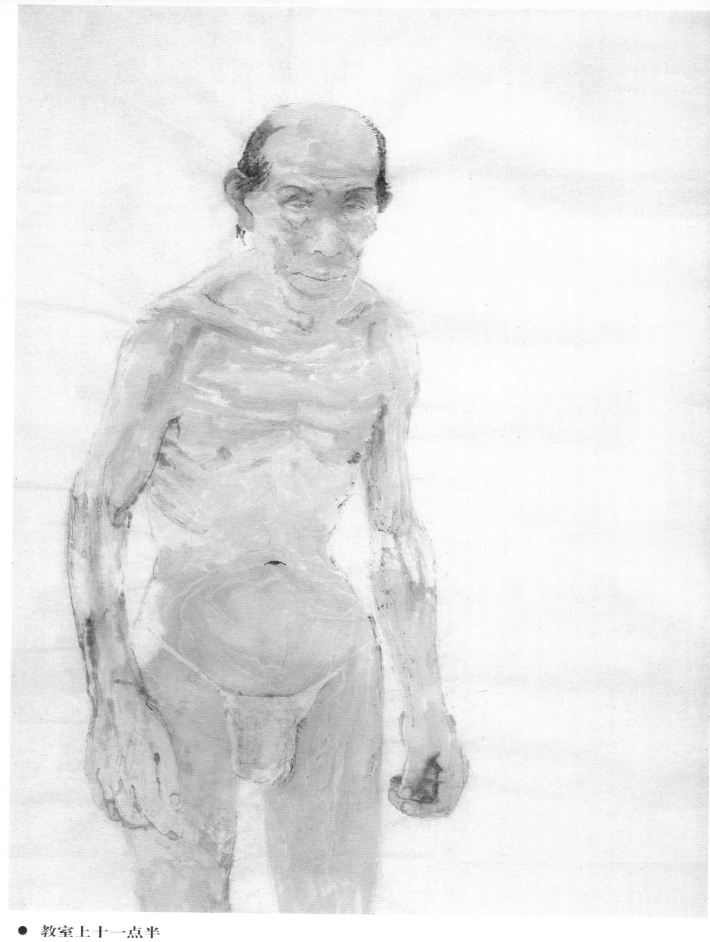

● 教室上十一点半

教室上午十一点半（局部） ●

● 水
波

心情图 ●

秋山秋云

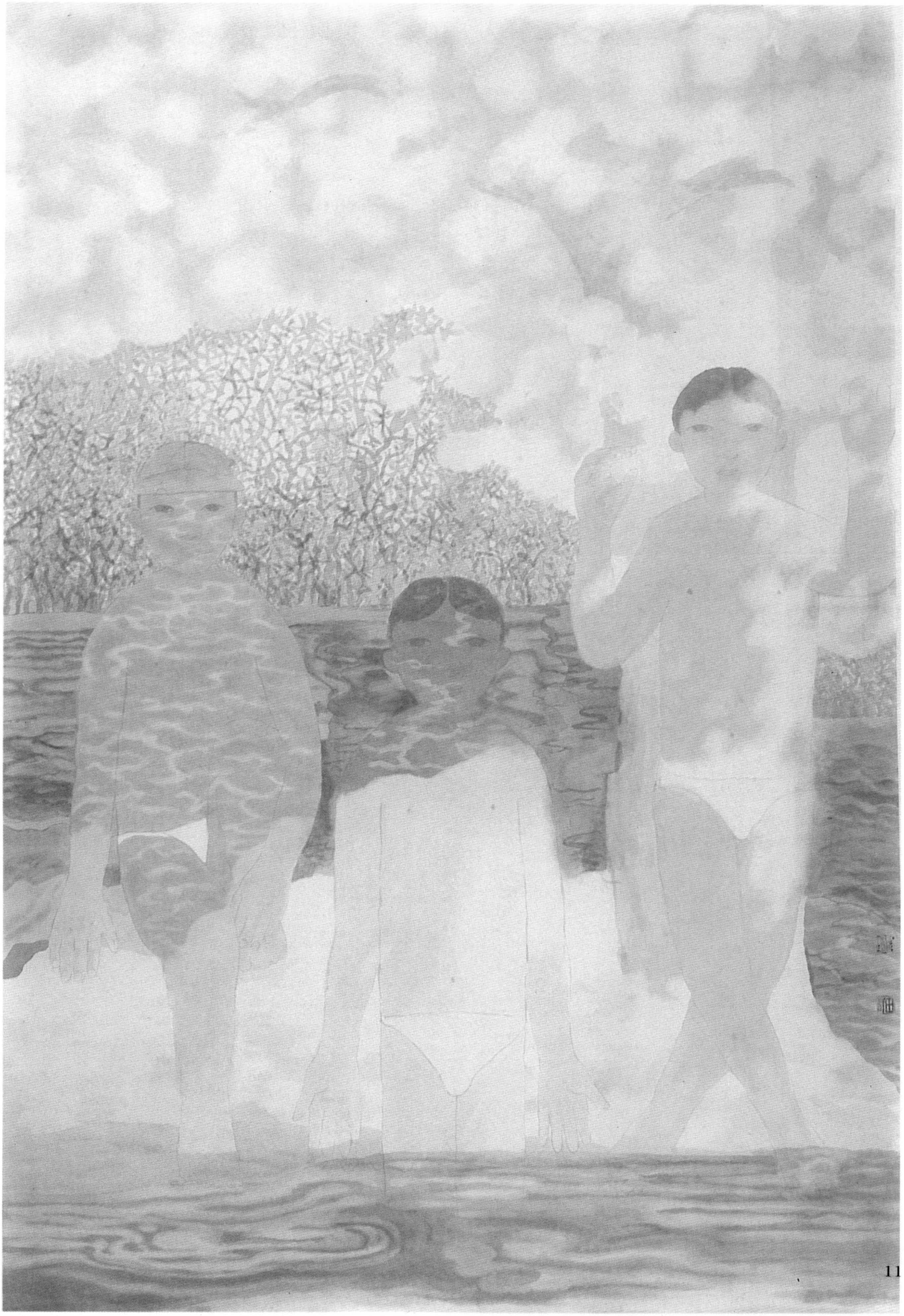

● 三个泳者

● 云气东来

● 教室上午十一点（局部）

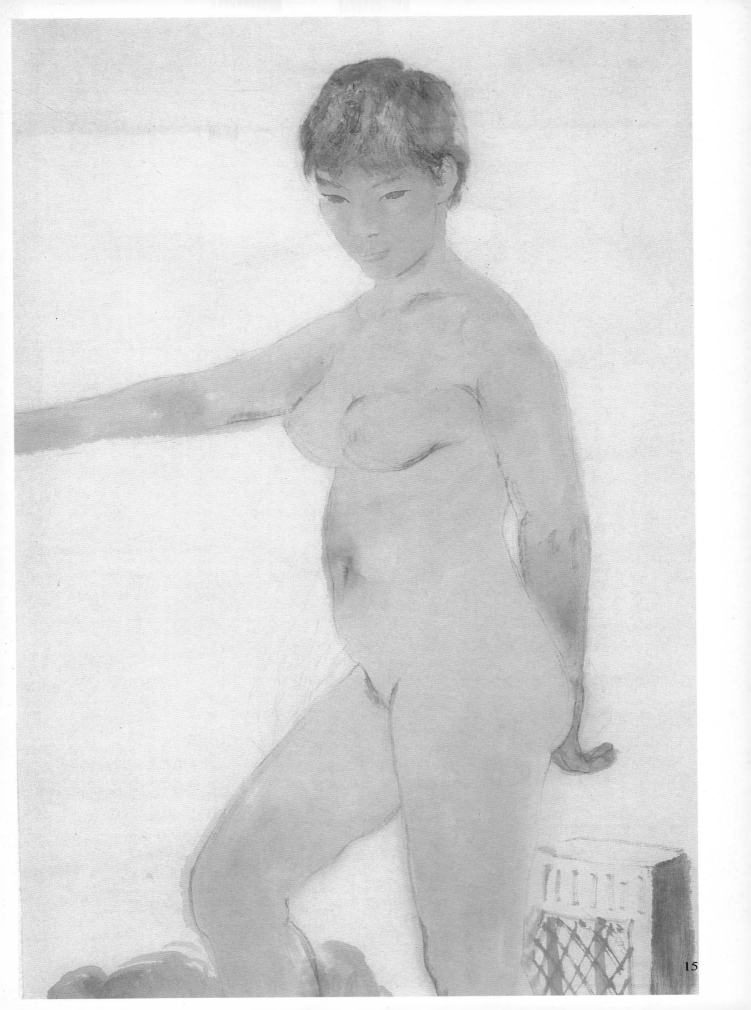

● 教室上午九点半

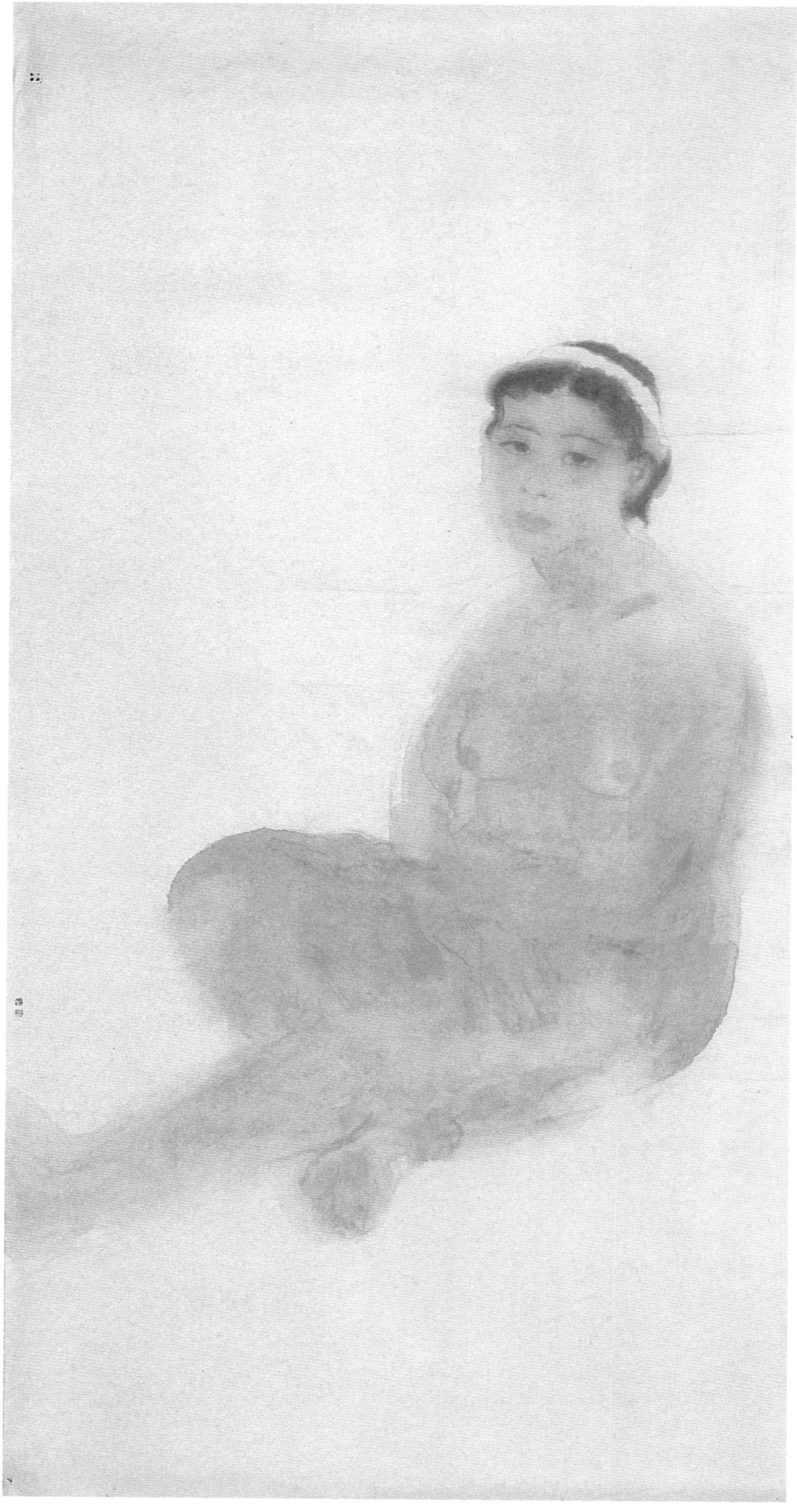

教室上午九点半（局部）　●

● 观山图

白日地中出 青天水外来

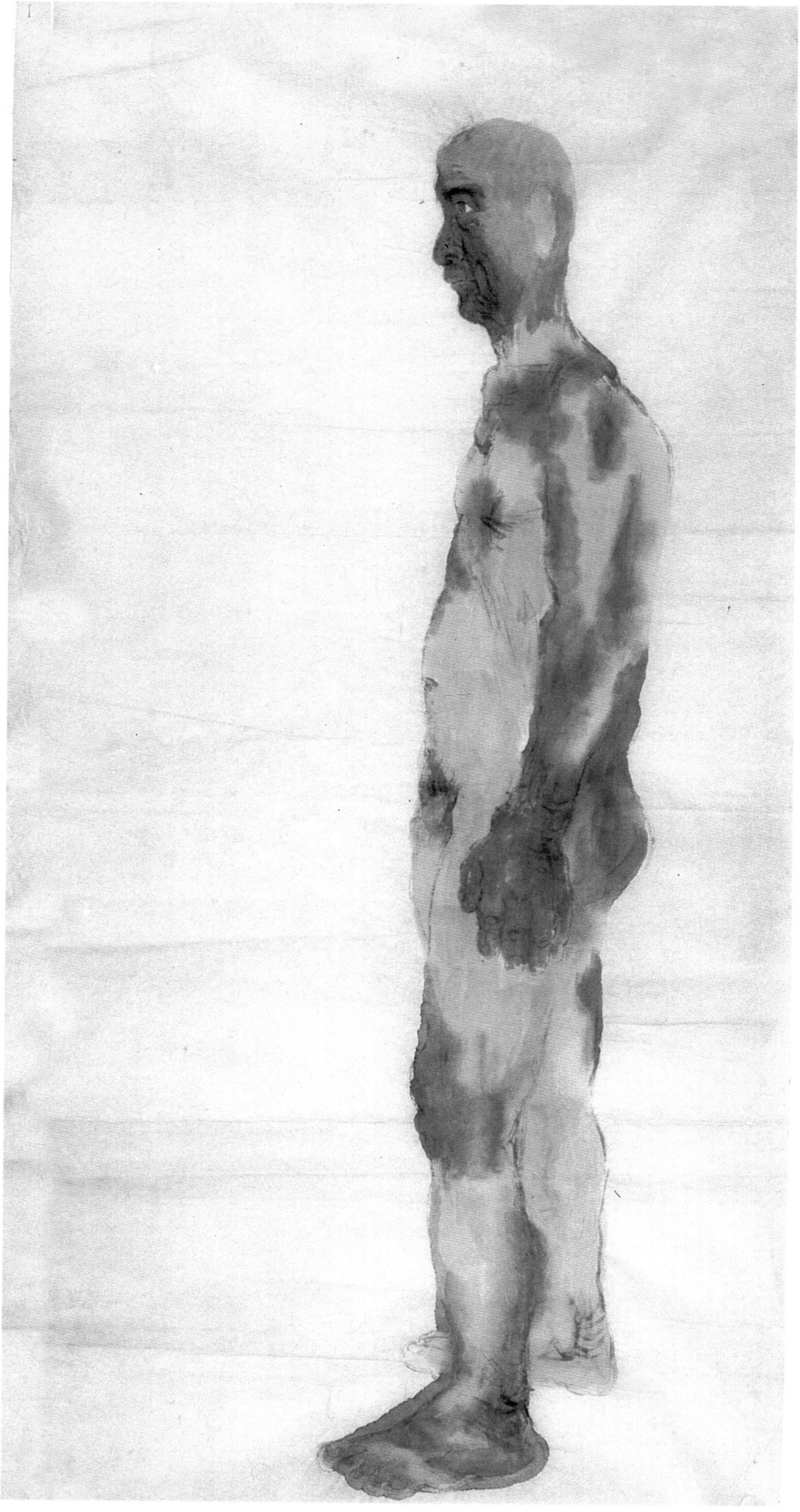

● 山　水

●山
　岚

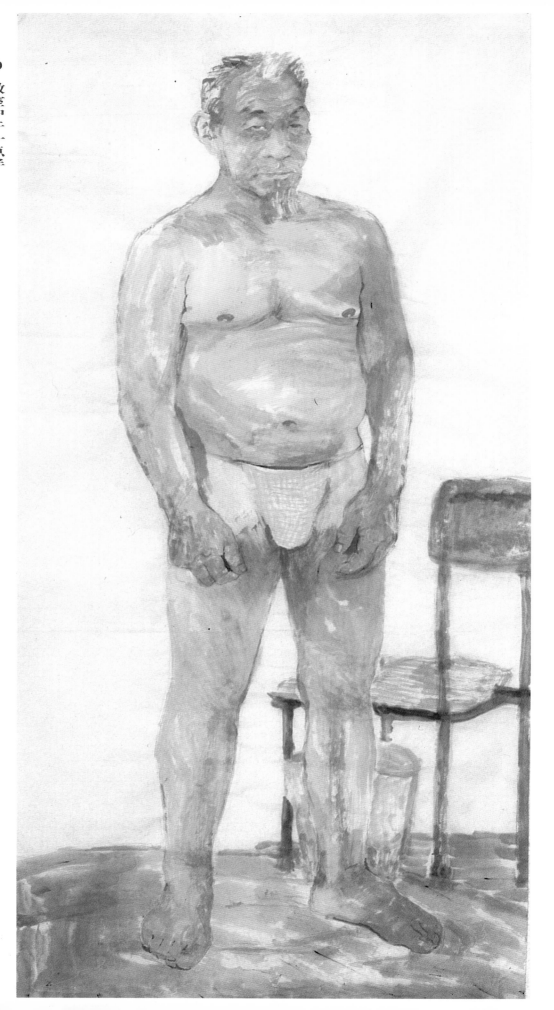

教室中午一点半（局部）●

● 心　绪